KB268625

시작시인선 0147

전혀 다른 아침

시작시인선 0147
전혀 다른 아침

1판 1쇄 펴낸날 2013년 3월 31일
지은이 김윤
펴낸이 채상우
디자인 꼬마철학자
펴낸곳 (주)천년의시작
등록번호 제301-2012-033호
등록일자 2006년 1월 10일
주소 100-380 서울시 중구 동호로27길 30, 510호(묵정동, 대학문화원)
전화 02-723-8668
팩스 02-723-8630
홈페이지 www.poempoem.com
이메일 poemsijak@hanmail.net

ⓒ김윤, 2013, printed in Seoul, Korea

ISBN 978-89-6021-183-4 04810
       978-89-6021-069-1 04810(세트)

값 9,000원

전혀 다른 아침

김윤 시집

천년의 시작

시인의 말

오랫동안
뗏목 위에 서 있었다

우레 울고
비 쏟아지고
급한 물굽이에 요동치며
물살이 여기까지 끌고 왔다

차 례

시인의 말

일러두기

한 연이 첫 번째 행에서 시작될 때에는 >로 표시합니다.

제1부

저 등

저 사람, 등으로 말 거는 것 봤니?
다친 등뼈 한 마디, 들판 하나를 품고 울림통이 되는 것

미추쯤에서 목쉰 소리 휘돌아 감는 것 들었니?
질척이는 골목길 폐쇄 회로 카메라 속에 잠긴 늙은 느티
같이 어둔

등판 가득 소리를 으깨며 젖어 있는 뼈들
디스크마다 우물 하나씩을 감추고 부서진 기억들 첨벙거리
는 소리 들었니?

식구들이 잠든 캄캄한 방 앞에 저 사람 우두커니 서 있는
것 봤니?
어둠 속 솜같이 젖은 허파를 상한 등으로 바라보다가
낡은 모니터가 물속처럼 얼굴을 비출 때
손바닥 가득 깨알 같은 글씨로 소장(訴狀)을 써 들고
어디론가 기차를 타려고 긴 줄을 서는 것

그 기차 가득
고장 난 TV가 외눈박이 물고기처럼

불 환히 켜고 흘러가는 것 봤니?

부처洞

당신은 철길 건너면 거기 부처동이 있다고 했지
허공에서 북소리가 둥둥 탁탁 난다고 했지

건널목에 차단기가 내려져 인생의 어디같이
화물칸만 길게 달아맨 기차가 내 속으로 오래 지나가서

골짜기 가득 북소리가 들릴 거라고 생각했는지 몰라
오래되고 커다란 부처의 손 같은 것이 있을 거라고

밭과 숲 사이 굽은 길을 어둑어둑 걸어갔는데
더 들어가도 절도 부처도 없다고

무 밭에 노파가 쭈그리고 앉았다가 손을 저었지
깊은 주름이 잠깐 웃었지 다 소용없다고

저녁 는개가 기찻길을 자꾸 덮어서
늙은 웃음이 북소리일까 그럴까

당신은 쇠기러기 떼를 따라 부처도 철길을 건넜을 거라고 했지
젖은 발소리만 남아서 사람들 귓속에 집을 짓는다고 했지

화포(花浦)

온몸 피멍 든 물고기가 작살을 물고 줄을 당기다가

솟구치며 딸려 가 줄 때

한번 숨 돌리는 어디같이

썰물 진 뻘밭 흥건한 소금물 위로

해가 게거품을 내려놓는다

산 하나가 붉은 칠을 하고 뻘에 누워서

칠게 그물 막대기를 툭 건드린다

흑두루미가 외발로 주르륵 산 그림자를 당긴다

동백하젓*이 독마다 하얗게

익고 있는 마을이 흐리게 불을 켜든다

세상의 해는 다 여기 와서

뒷산 당집을 베고 눕는다

어둠이 효소처럼 부풀어 올라

방파제 돌무더기를 마을 쪽으로 떠민다

우리들 아가미 가득

녹 묻은 작살 하나가 삐걱거리며

시간 저쪽을 흔든다

●동백하젓: 동백이 필 무렵에 담는 새우젓.

용문역

새벽 강물에 얼음이 떠 있다

얼음판들이 뗏목처럼 엮이며 강을 끌고 간다

얼음에 지네같이 수없는 발이 있다

파란불이 줄줄이 켜진 차창들이 그 발을 딛고 물 위로 떠
밀려 간다

시곗바늘 두 개 사이로 째깍 소리를 내며 기차가 선다

간이역 석탄 더미 위로 눈이 쌓여 이불처럼 석탄을 데운다

쌀미음같이 희부연 하늘이 하루치의 흰빛을 선로에 내리
붓는다

하얀 그늘이 한꺼번에 주르륵 쏟아진다

역사(驛舍) 밖의 마을이 안개에 잠겨 기우뚱 역 쪽으로 기
운다

>

자전거를 탄 늙은 남자가 흐릿하게 지나간다

화투 속 같은 소나무가 세 그루 공중에 떠 있다

과 과 과 과

벌써 칠석날인데
내 속 아직 불붙은 염천이랄 밖에
해 지기 전 닿으려고
연풍면 고사리 삼십 리 길 숨 막히게 걷는데
어둑한 우듬지마다
까마귀가 솟대처럼 앉았다가
과 과 과 과
내 속에 모래를 훅 뿌리며 운다
저 오합지졸들
뉘 집 제사에 진땀 나는 누군가를 업어 가는 것
황천 누런 강물을 발길로 차며
흐린 마음에 돌을 놓는 것
어두워지고
마음은 등 떠밀려 멀미하듯 기우뚱한데
물소리의 한쪽 귀퉁이를 찌익 끌고 가는 사람
내 덤불 속 얼기설기 다리 놓으려고
까마귀들이 훌쩍 내려앉아
늦은 공양하듯 모여서
몇 대쯤의 레미콘을 단번에 쏟아붓는
오래된 암호 같은

과 과 과 과

자리돔 썰어 주듯

늙은 해녀가 무쇠 칼로
푸른빛 자리돔 한 마리를 저며 주었지
지느러미와 뼈가 그대로 씹혀서
해녀에게 물었는데
여기서는 그렇게 먹는 거라 했네
돌아보면 뼈 있는 것들 꿀꺽 삼킨 일 많아서
나는 여린 지느러미를 꾹꾹 씹네
단체에 끼어 혼자 저녁밥 먹는데
시커먼 해협 하나가
고무 잠수복 아래 칼끝에 닿아 서늘했지
그는 늙은 심마니 같기도 해서
나는 또 늙은 땅꾼 같기도 해서

제가 밟는 산과 밭의 내력을 다 알아서
늙은 염쟁이같이 우리는 서로의 밥그릇과 상처를
단박에 알았지
목숨 걸었던 것에 대한 피로를
무쇠 빗창으로 시간을 털어 내는 법을
자리돔 썰어 주듯 그는 내 손에 건넸을 터
이른 아침 숙소 밖으로

두렁박을 등에 지고 물일 나가는 그를 보네
애돌개 바다
그의 키는 안 보이고
고래 같은 바다 포유류의
그 흰 혼이 오래 견디며 떠 있어서

장대비

날이 저무는데
누가 뚝방길 억수비 속을 달려간다
날개 검은 커다란 새가
비를 뚫고
주린 식구들을 찾아
푸덕거리며 제 집으로 돌아가듯이
저 사람
숨죽인 포플러들을
전속력으로 끌고 간다
생의 온갖 장대비 속을 걷고 걸어
짐승처럼 번득이는
빗발의 흰 이빨을 다 알고 있다는 듯이
수십 번 맞짱 떠보았다는 듯이
천변길 토끼풀꽃
으스러뜨리며 짓뭉개며
구일역 환한 불빛이 넘실
다리 위까지 쏟아진다
흐린 안양천이
제 어깨 가득
화살촉을 맞고 서 있다

손 띤 마담

　　금방 내린 저 손님 손 띤 마담인디유 서천 바닥이 다 알지
유 나헌티 얼른 수작을 걸더니 내가 셋집 산다고 허닝께 확
돌변하네유 옛날엔 저 마담이 절에다 돈도 많이 갖다 바치고
잘 나갔지유 내가 그 중을 태워 줘서 아는디 암튼 괜찮었지유
손만 내밀믄 수작이 다 통했구유 누군덜 한때가 없남유 동백
꽃 보러 왔다가 해풍에 동백 꽃잎 다 져 버리고 아직 붉디붉
은 손 띤 마담을 보네 뒷모습 묵은 동백나무처럼 튼실하고 윤
기 나고 또 조금 시큰둥하기도 해서 나 손 떼었나 하고 내 손
바닥 자꾸 바라보네 영업 중이고 싶은데, 수작 통하고 싶은
데, 동백꽃 꽂고 싶은데, 손금 속 강물 한 줄기 시퍼렇게 흘러
가는데, 그 물 퍼서 물장수 해야 하는데 벌써 손 떼라고 자꾸
부추기는 신작로 불빛, 고깃배들을 딛고 달아나던 저녁 바다
가 비릿하게 눕네 누구 손잡고 싶네

을왕리 소금 창고

사랑은 교통사고같이 와도 교통사고는 사랑 같지 않았지
내 흔들리는 서쪽 다 보내려고 해 지는 것 보러 갔네

을왕리 가는 302번을 탔는데 버스가 덤프트럭을 들이받
았지
산모퉁이였고 순간이었고 커다란 소금 창고 앞이었네

앰뷸런스가 왔지만 트럭 운전자를 꺼낼 수도 없었지 밑바
닥부터
끌어당기는 그 사람 신음 소리를 오래 들었네

아, 나는 통로에 나뒹굴어 갈비뼈 부러지고
양동이 손잡이라 불리우는 무릎 연골 파열되고, 경찰차
가 왔지

이제 보니 사랑 같네 중앙선 침범에 정면충돌, 속수무책
멍들고
신음 소리 생숯처럼 속으로 내지를 뿐 마음속 갈비뼈 다
나가는 거

>

　사랑이 이런 거 아니었나 연골 터지고 나동그라지고 접질
려서
　화의도 용서도 쓰린 소금물로 뚝뚝 떨어지는 거

　해가 지려고 타는 하늘이 밀려오고 모든 누추한 핑계들이
　찌그러진 버스와 트럭이 소금 창고 앞에 널브러져서

삼성동

애 한번 안 낳아 본
그대 배 속에 나 덜컥 들어앉아도 되나
눈 오는 밤
절절 끓는 온돌방
목화솜 요 밑으로 맨발 들이밀듯 직방으로
네 언 맘 녹여도 되나
그대 깊은 속 캄캄한 둠벙
내 물갈퀴로 흔들어도 되나
나 흔들려도 되나
한 저녁을 그냥
쌀가루로 눈이 오는데
봉은사 목어가 딱딱 이를 가는데
삼성역 고갯길 국숫집에 앉아
어복쟁반 속 숨 죽은 배추 잎
창밖 길 막히고
술은 차고
그대 등판 푸른 가시들
파랗게 독 오를 때
거기 내 속 문질러도 되나
깽판 쳐도 되나

흑천(黑川)

아스피린을 끊었다

흑천은 바다 건너 먼 곳
느린 물살이 시커먼 제 피멍을 개며 천천히 굽어지는 곳

강물의 명치 끝 어디 숯막 있는 거다
채굴도 끝나 문 닫은 캄캄한 석탄 굴 있는 거다

살아서 잠드는 밤이 낱낱이 흘러가는 여인숙이지만
처마 끝에 귤색 불 켜는
유황 냄새 나는 오래된 다다미방에서 잔 일 있다

물방울마다 바람 들어 끓는 우물 속 같은 풍려에 앉아
빗속을 지나가는 새 떼를 본 일 있다 머리 위로
콸콸 검은 물소리가 손을 베듯 서늘했다

다 해진 깃발 같은 것이
내 숯막을 헤치며 휘익 지나갔다

눈물 없어요?

어둑한 산길을 내려와 우리는 산 아래 평상에 모여 고기를
구웠지 옆에 앉은 마스카라 짙은 여자가 물었지 눈물 없어요?

그런 걸 묻다니 건들면 저수지 뚝방 터지듯 몇 백 톤이라
도 쏟아질 눈물을 안으로 잡아끌다가 파도로 넘실대다가 지
금 귀신고래 한 마리 마음속 해안선을 따라 헤엄쳐 오는데

나는 고래 이빨처럼 이를 악물고 고기를 굽네 평상 위로 달
이 뜨겠네 떨어지는 눈물방울 속, 수월관음이 서 있는 고려
그림을 본 일 있지

손에 버드나무 가지를 들고 립스틱 짙게 바르고 눈물의 바
닥을 밟고 서 있었네 물방울 속 천 개의 문을 여닫네 천 개의
맨발을 적시겠네 다 쓸려 가겠네

내 속 홍수 났지 감나무 밑 흐린 등불 아래 상치쌈을 먹으
며 눈물 없어요? 묻는 그 여자 붉은 눈을 보네 나 눈물 없지
사는 게 가혹해서 닳고 닳아 핍진해서 사막처럼 말랐지 아,
그렇군 이제야 내 손가방 속 0.4mg 낱개 포장된 인공 눈물
을 꺼내 든 것인데

>

소주잔처럼 우리는 눈물을 나누네 그 여자, 손바닥에 내가 건넨 눈물을 가만히 쥐어 보네 화학기호 같은 눈물 속, 한 인생이 젖네

고래 문신

지프차를 타고
해 지는 붉은 사막 넘어
베드윈 캠프에 갔지
검은 장옷을 입은 베드윈 여자가
내 팔뚝에
헤나 약초로 문신을 했지
아랍에미리트 돈으로 5디르함
무슨 그림이냐구?
이빨이 있는 풀들
꽃 밖에서 터진 심장
삼십 개쯤 손가락을 가진 눈
그가 한번도 본 적 없는
고래 같은 문양을 그리는 사이
모래바람이 자꾸 불고
길을 잃었을까
향유고래가 한 마리 슬쩍 밀려왔지

우리는 램프 불 아래
백 년쯤 늙었지 손을 잡고
고래 배 속처럼 오두막이 아늑했네

슬픔이 바퀴를 달고 지프처럼 지나갔네
매사냥하는 아랍 남자가
끈 달린 매를 손등 위에 올려놓고
문밖에 가만히 서 있었지

물 먹은 소

나 칼 잡는 사람
날 새파랗게 세우는 사람

초여름 한낮
국갈비 닷 근 사 들고 와
갈빗살을 저민다
새로 벼린 희고 푸른 날 뼈끝에 닿을 때
칼날이 시간의 모서리를 툭 건들 때
내가 후적후적 젖어 들면
틀림없이 물 먹은 소

혹한을 견디려고 살이 붙은
쓰린 지방층을 거슬러
헤집고 문지르며 부대끼는 물

나 여기 와서 물 먹었지
수도꼭지를 틀어 놓고 먹었지
곤두박질치는 고무호스를
억지로 들이미는 밤이 소에게도 있었던가
눈 못 뜨게 달겨드는 빗발에

우적우적 나를 떠내려 보낸 저녁이

서쪽에 볕 들고
길들여지지 않은 내 갈비뼈가 일어나
슥슥 칼 간다
덩치가 큰 시간이 하나 덜컥
도마 위에 부려졌다

당연(當然)

어제 저녁 내소사 운판 소리가
부안 동중리 밧줄 감긴 돌솟대 꼭대기 새 한 마리를 날려
보냈다

유라시아 어디 새끼를 낳으러 갔던 칡부엉이가
동안거 해제하듯 몇 날 몇 밤을 날아 광릉으로 돌아오고

아무것도 보이지 않는 캄캄한 밤
아무것도 당연한 것은 없다고

소라실 장승들이 운주사까지 논길을 걸어가는데
밤 내 새 탑을 쌓으려고 두런거리는데

보도블록 사이 비집고 선 가난한 겨울나무가
칼끝 같은 약속을 지키려고 수없이 물구나무선다

제2부

부적 1

텔레파시다

공중에
칠산 바다 옆구리에
누가 붉은 부적을 찔러 넣었다

경면주사를 찍어
거침없이 내저은
기갈 든 이의 피같이 끈적한 서쪽

도솔천 너머 요단강 건너서도
변산 수성당 같은 당집 있어서
맺힌 것 다 풀어 달라고
누가 죽어라고 액막이 칠을 하는 거
붉게 우는 거

미친 회화나무 한 그루
산발한 머리칼을 쓸어 주는
아무것도 내려놓지 말라고
괜찮다 괜찮다고

툭 툭 암호를 보내는

놀이 저물고
새 떼가 건너편 섬을 물고 날아올랐다

부적 2

옛날 살던 집 초록색 대문이 반쯤 열리고
그해 가장 늦은 눈이
오동나무 우듬지에 소금같이 희게 얼어서
내가 몸 풀고 누워
퉁퉁 부은 채 일어서던 봄이 가고

홍수가 나서 강물이 범람하던 골목
걸리고 업고 피난 나오던 캄캄한 밤
눈 부릅뜨고 살자고
외치듯 내 뼈끝으로 쓴 부적들
제풀에 씨앗처럼 흩어지네

그것들 여기까지 밀려와
내 속, 물난리를 보네
턱없이 무너지는 둑을 바라보네
항아리마다 붉은 부적이네
업혀 잠든 작은 발이 허리뼈를 문지르네

내 키가 다 잠겼네

부적 3

세상 어미들은 다 신들려서 날선 작두 하나씩 가졌지

용궁단지 하나씩 허파에 숨겼지

쏘아 보낼 화살을 언 손에 들고 있지

붙잡아도 소용없는 걸 다 알아 버린 밤

황화수은을 꿀꺽 삼켜 피를 찍어 쓰지

살다 보면 내 몸이 부적이라고

손끝까지 발끝까지

지문마다 족적마다 몇 천 개 부적이라고

흘러간 윤회의 어떤 처마 밑

두고 온 숫돌에 마음을 갈아 쓰지

>

살소멸부, 만사대길부, 관재소멸부, 삼재팔란부

작두날 시퍼렇게 살아 있지, 상한 데 없으라고

능소화가 천 개쯤 졌지

빈 자궁 안에 들판 하나가 가득 차올랐지

부적 5

　돈이 부적이라고? 아이가 시험 본다고 했더니 누가 그랬다 돈이 부적이다 주머니에 돈 넣어 보내라 나 꿍치꿍치 돈 접어 보냈다 명륜당 지붕 위로 매화 환하고, 천 원 속 산수화는 물소리 가득했지 퇴계 율곡에 세종대왕, 북두칠성 너머 수천 개 별자리들, 빛나는 은띠 홀로그램, 그래? 무릎을 쳤지만 신통한 일 없었지 주머니에 돈 없으면 종아리에 힘 쓰윽 빠져 나가는 거 목소리에 서리 끼는 거 벌써 옛날에 알았을 뿐 고향에서 누가 죽으면 입에 상평통보 한 조각을 노자로 넣어 주었는데 할머니는 그게 진짜라고 했지 지금 돈은 다 가짜라고

　황천길이 멀다 해도 문턱 밑이 황천이네 어으어으 어나니 상두꾼들이 소리를 매기다가 할머니 상여가 아중리 다리 앞에 떡 버티고 서면, 부적 같은 돈이 몇 번이나 상여를 밀고 갔지 황천까지는 멀고 멀어서 저승 극락 천당 지옥 다 현찰이 필요한 거다 해가 지고 늙은 남자가 지하철 계단에 앉아 한 손으로 하루치의 퇴계 얼굴에 손다림질을 하고 있다 나룻배처럼 세상 건네줄 저 부적이 눅눅하다 계단 아래 커다란 입, 아귀 같은 길고 깊은 밤

부적 6

―이 유*

눈보라 점점이 막 시작인데
산은 가뭇없고
계유년을 생각했어요

생명주 쟁쳐서 숨 막히게 바느질한
그 적삼 본 일 있어요.
허리를 다 가리도록 길이가 긴
품이 큰 남자의 비단 저고리
소매와 앞섶 낭자한 피고름에
섬뜩 놀라 가만히 서 있다가

이름이 이 유라고 했지요
등허리 속 어둠이 덧나고 터져서
하룻밤도 저승까지 흘러가지 않은 날 없을 테니
강물은 또 철철 제자리로 데려다 놓고
해는 떠서
다시 늑골에 못질하는 소리
생명주 적삼 날실과 씨실에 엉겨 붙은
저 부적들 몇 백 년 노 젓는 소리 들었어요

>

쇠종 소리 홍건히 물처럼 얼고
북풍이 비탈들을 끌고 어디로 가는 소리
내 앞섶에도 피고름 낭자한 것 들컸나요

●이 유: 세조의 이름. 세조가 입었던 명주 적삼이 월정사에 있다. 피고름이 심하게 묻어 있다.

남사(南寺)

그 절집에는 낮이 없다
칠흑 같은 밤만 있다
바람벽에 손바닥을 짚으며
정적 속을 걸어 들어가면
어둠의 더께가 켜켜이 쌓여
더듬더듬 발이 빠졌다

다 소용없다고
창문도 없는 내 한 시절을 비웃을 때
서서 우두커니가 될 때
쌀알 같은 흰빛이
광목 필을 당기며
해안으로 가는 길을 열기도 해서

내 횡격막 한가운데
다른 언덕으로 떠날 배가
찌걱찌걱 흔들리며 매어 있었다
늦게야 철들어서
마당에는 등꽃이 피고
오래된 부도들 쓰러지고

>
한 생이 다 착시였을까
기르던 개처럼 익숙한 어둠이
사철나무 아래 고여 있었다

숭어 비늘

어젯밤에
민물로 올라오는 숭어를 잡아
강가에서 함부로 비늘을 걷은 사람 있다
손톱만 한 숭어 비늘이 흩어져서
얇은 고막들이
물이 펄럭이는 소리를 듣는다
끌려오듯이 노을이 임진강 둔덕으로 내려와
붉은 풍경들을 낱장으로 뭉칠 때
어린 참매 한 마리가 낮게 날았다
강물에 파란 날이 섰다
습지가 스펀지같이 물을 품고 깃털을 세운다

단번에 낚시를 물듯 운명이 끌고 가는 일 있다
칼날 한번에 후두둑 비늘 다 벗기는 일 있다
치욕과 남루가 태연한 일로 여겨져서
매의 꼿꼿한 수평이 슬퍼졌다

릴낚시를 다섯 개나 걸어 두고
사람은 보이지 않는다

간잽이

초겨울 싸락눈 올 때 그걸 소금이라고 생각해 봐
소금 창고에 하얀 눈이 산처럼 쌓이고

우리들 나이와 목소리가, 이별이, 공포가 소금 더미 속으로
염장된다고 생각해 봐

고등어 배를 가르듯 시간의 배를 쓰윽 갈라
내장에 소금을 확 붓지
꿈꾸는 눈알에 듬뿍 왕소금을 뿌려 넣는 것

간고등어는 서서히 숙성되고 냄새를 피우며 익어 가지
우리도 조금씩 상한 채 익어 가는 거야
오래된 기차처럼 레일 위에 서서

자꾸 눈은 내리고 노릇노릇 구워진 기차가 움직이고
손바닥에서 일 초에 하나씩 마술꽃이 피어났지
그 꽃들 다 어디로 갔지?

마술 상자 가득 소금이 철철
누군가 철길 저편에서 그리움의 간을 잡고 있는 거야

바실로사우루스[*]

　고래의 계곡이라 불리는 이집트 와디히탄에서 뒷다리와 앞
발이 달린 고래 화석이 발견되었다 '바실로사우루스'로 불리
는 이 원조 고래는 날카로운 이빨로 원시 어류와 육상 동물
을 사냥했다고 한다 십팔 미터나 되는 긴 몸을 끌고 해안을 걷
다가 헤엄치다가 아주 천천히 제 앞발과 뒷다리를 버리고 물
속으로 들어가 버린 거다 수륙양용의 자존심을, 자유자재를,
세상의 절반을 버린 거다

　우리도 갓 태어났을 때는 꼬리지느러미도 물갈퀴도 있었
지 자궁 속에서 우리는 수중 동물이었으니까 그 흔적들 배냇
저고리에 아직 있지 물가엔 가지 말라고 지느러미 다 떼어 냈
지 흉터 덕지덕지 앉았지 네 꼬리뼈가 숨어서 물고기 유전자
를 나선형으로 감아올리는데 머리의 숨구멍 꽉꽉 틀어막았
지 코로만 숨 쉬라고 그렇게 진화하라고 우격다짐했지 세상
엔 하면 안 되는 일뿐이어서 발가락 사이 네 시린 물갈퀴들
아직도 내가 쥐어뜯고 있니? 우리들 화석은 퇴화의 완결편이
될 거야 우리 다시는 그 나라에 갈 수 없지

●바실로사우루스: 이집트에서 발견된 사천만 년 전 고래의 화석. 고래의
진화 과정의 실마리가 됨.

거울신경세포

너는 무얼 먹는군
거울 속에서 너는 손이 네 개
접시 위에 올빼미 눈알
맥주 거품 속 검은 파이프들
겨드랑이에 비표 같은 날개뼈
너는 손바닥으로 파랑새를 들고 있군
거울 속은 깊어서
흰 싸리꽃이 흔들리고 들큰한 달빛
금속 가면 속 붉은 입술
내 목소리는 전염으로 이입되고
고여서 물처럼 흔들리지
소리를 바라볼 수 있니?
얇은 은박 판으로 빛을 모아
나는 네 동굴 속을 비추지
네 손가락에 전극을 꽂고 불온 바이러스를 보내지
자꾸 카피되어 증식되는 뇌 속의 검은 뉴런 다발
링거처럼 네 수액을
내 혈관에 꽂을 수 있니?
휘적휘적 거울 속을 걸어서 네게 닿을 수 있겠니?
아, 이제 그 파랑새를 날릴 수 있겠니?

이른 봄날

아침에
매화꽃 보러 갔다

매화나무 한 그루가
봄 산 한 채를 다 흔들어서
빗발 듣고
흐리고 어둑했다

작고 흰 꽃마다 형광색 꽃불을 켜 들고
젖은 비탈을 내려서는
흰 명주 같은 그늘
꽃 진 자리마다 매실이 맺힌다고
주인은 십 년 된 매화주 한 병을 주었는데
매화나무 그늘에 두고 왔다
화원 가서 두루치기만 먹고 왔다

뒤척이며 삭힌 내 십 년을
두고 온 느낌
푸른 매실 떨어지고
뒤란은 어두워지고

매화나무 아래
저수지같이 마음은 또 고여서
내 십 년이
흘러가고 깊어질 거다

오빠는 잘 있단다

중앙시장 김약국 골목
좌판에 걸터앉아
아름이네 감자부침을 먹고 있을 때
뜨거운 김 펄펄 나는
오빠는 잘 있단다˚ 대책 없이 듣네
중늙은이 여자 둘이 건넛집에 앉아
막소주에 메밀전
손바닥 장단에 젖어

난전 바닥이 후끈 달아오르네
무릎 가득 산나물을 펼쳐 놓고
여자들마다 제 옆구리에
흘러간 오빠 하나씩 품고 있는가
잃어버린 세월에 지킬 수 없었던 약속˚
엄나무 가시같이 마음벽에 걸어 두고
어둑어둑 늙어 가는가

개두릅 푸른 새순 비닐 끈에 엮여
늦봄 낭자하게 풀어놓고
리어카 가득 반짝이는 천일염

그 오빠들 어디서 잘 있는가
수수깡처럼 속 비워 놓고 흔들리는가
어느새 풀 죽어
시나브로 잦아드는 노랫소리

● 가수 현숙이 부른 노래 「오빠는 잘 있단다」.

깃발 걸린 집

길 가다가 보네
붉은 깃발 나부끼는 집
솟대 위에 새같이
댓잎이 몇 낱 남아서
대나무 휘청거리며 흔들리네
끝내 깃대를 내걸고 만
간단치 않은 운명이 거기 매달려
세상을 내다보네

붉은 깃발은 동자신이라고 했는데
화장 곱게 하고 애기 소리를 내던
그 젊은 무녀 생각나
사람 모양으로 오려 붙인
흰 종이들이 무섭고 슬펐는데
무병장수 산함박꽃
물결 같은 징 소리
깃발이 바람 한 자락을 흔들어서

담 낮은 그 집을 바라보네

겨울 무지개

겨울비 온 뒤
언 무지개를 몰래 품고 있다가 그녀는
오리털 파커처럼 뚱뚱해졌어요
인플루엔자 같은
세균성 장염 같은 무지개
아침마다 새로 피는 색깔 고운 상처들
한때는 꿈이었던 허방들
울음이 꽉 찬 보퉁이를 끌어안고
버스를 타면
옆구리에서 퉁퉁 붇은 무지개가 흘러나왔죠
온몸 피멍 들어 보라색만 남은
그런 무지개를 봤어요
버스가 신림역 사거리를 지나
에그옐로우라고 쓰여진 양판점을 지나
관악소방서 앞 언덕길을 올라가면
주머니 속 철벅철벅
색깔들이 진창을 건너는 소리
얼어붙은 것들이 무엇에 기대어
파랗게 녹고 있나요?

아시안 하이웨이

겨울 새벽 삼척 가는 길인데
유리 등불 같은 달이
초록색 표지판 위에 걸렸다가
블라디보스토크 모스크바 벨로루시
못 가 본 도시들을 흔들어 깨운다

동해휴게소 지나 계속 달리면
하얼빈 우수리스크 그런 곳에 닿는다는 말
그곳에도 새벽엔 달이 지고
강물이 얼고
누가 어둑어둑 일어나 불을 피운다는 말

낯선 도시의 이름이
서늘하게 마음속으로 굴러 떨어지는 새벽
삼척항 해신당을 끌고 호밀색 달이 진다
쥐 죽은 듯 조용한 산 너머
얼어붙은 달의 뒷면엔
어제 죽은 이들이 붙여 놓은 메모가
다닥다닥 노랗게 붙어 있을 것인데

>
민박집 할머니가 막 신김치를 풀어
물메기국을 끓이는 들큰한 냄새
먼 나라 포구에서도 누가 생선국을 끓이는
밥상에 차디찬 숟가락을 놓는
흐린 유리창 안으로
오징어배가 불을 켜고 들어섰다

제3부

간

싸락눈이 오고
처마 밑에서 새가 흔들린다

흔들리다가 새는 가끔 제 간을 쪼아 간을 볼 거다
주둥이가 긴 어미 새다

보광동 재개발 예정지 굽어진 골목 층계 올라가서
고철 더미 옆 앉을 수도 없이 삭아 버린 의자가 놓인

홑겹 유리문 아래 네가 지난겨울을 난 잠자리가 눈에 밟
히는
혼자 있는 저녁 졸다가 그 골목 언저리로 자꾸 걸어가는 꿈

작은 철창에 갇혀 깔때기로 무한대의 옥수수를 받아먹은
거위가
끝내 허연 푸아그라 한 덩이를 내놓듯이

오랫동안 수액같이 흥건한 고통에 뿌리를 대고 사는 이의
졸아서 소금기 밴 뜨끈하고 물컹한 무엇이 있는 거다

\>

간이 배 밖으로 나온 목어들이 밤 내 배 속에 태풍을 재
우며 운다
끝없이 제 간의 각을 뜨며 상한 속을 비워 낸 거다

우황 든 소가 밤 내 으헝으헝 울며 앓듯이 울음처럼 짠
우리들 상처는 다 요리용이거나 약용일 거다

나란히 누웠던 적 있다

누가 내 등허리에
붉은 별자리들을 꽂은 거다
잠든 바이러스를 깨워
신경섬유를 뿌리째 흔드는 거다
뱀같이 서늘한 울음을 참는
흰 송곳니를 본 적 있다 틀림없이
나란히 누웠던 적 있다
산을 넘기 전에 검은 염소를 묶어 놓고
당신은 내 머리칼을 쓸었던 적 있다

나란히 누워 운 적 있다
내 얼굴엔 수두 가득하고
그날 태풍 하나가
낮은 지붕 밖을 지나갔다

가을 새벽
북두칠성이 너무 가까워
커다란 목선처럼
내 옆구리로 들어왔다 흘러가고
늑간 가득 수포가 돋은

내가 떠밀고 갈 흉터들을
미리 열어 본 적 있다

전족(纏足)

중국 엄마들은 딸이 다섯 살이 되면 발을 천으로 감아 전족을
시작했다. 감염으로 딸을 잃어도 그다음 딸의 발을 또 동여맸다.
새의 부러진 날개 같은 그 발의 엑스레이를 본 일 있다.

내 발은 지네같이 많아

엄마는 이 많은 발을 어떻게 다
친친 동여맸을까
밖에 들짐승이 우는 저녁

불을 켜 들고 엄마는
고름 흐르는 내 발에 약을 발랐네
엄지 뒤로 발가락 접어 동여매고
비단 천으로 꽁꽁 묶었지

비 오는 날 엄마는 작은 신발에 수를 놓네
수십 켤레 꽃 수놓은 붉은 신발들
골목 밖엔 나가지 말라구요?
비 맞지 말라구요?

십이 센티 작은 발로 뒤뚱뒤뚱 걸어
들판을 건너 여기까지 왔지

쉰 목소리마다 붕대 흐느적 감겼지

헌 기억 밖으로 자꾸 삐져나오는 발가락들
누가 이 많은 신발을 다 감추고 있나

만주

장춘 가서
위황궁 앞을 오락가락 걷는데
푸른 기와 얹은 담장 너머
아편 냄새를 피우며 해가 지네
깃발처럼 빨래 내걸린 들창 지나
모퉁이 중국 책방
아직 청년인 아버지가
내 아들만큼 젊은 아버지가
상아 고리가 달린 책을 집네
비상금을 숨기던 비단 표지가 있는 책
그 책 속 별자리 옆에 아버지는 앉아서
애야 애야
중풍도 안 걸린 스무 살 아버지가
청상 할머니만 두고 도망 나온 아버지가
한 시절을 밀치며
내 속 찌그러진 잠복 세포들을 휘젓네
그 골목 어디 낡은 만선일보 사옥 있어서
몇 십 년의 저녁이 와글와글 밀려오고
개장국이라고 쓴 술청의 작은 팻말
진땀 나는 등불이 흐릿한데

어린 날 그렇게도 아득하던
술 냄새 절은 만주라는 말

산벚

꽃 핀 산벚 한 그루가
막 어두워지는 그늘 한 채를
제 발치께로 슬쩍 감추네
주막의 맨발처럼 농익은 발
겨우 등 떠밀려 온 산길이
분홍으로 펄럭이는데
폭설로 쏟아지는 해거름

저 아래 두런두런
산일하는 사람들 어둔 목소리
녹슨 삽같이
어눌하고 어둑한 언저리
제 그림자를 적시며 녹는 눈발 같은 꽃잎

무슨 슬픔 같은 것이 이 악물고 아직 남아서
더 삭으려고, 다 삭히려고
봄 산 한 자락
얼른 산벚나무 환한 속
휘적휘적 걸어 들어가
캄캄하게 눕는 것 보네

어치

어머니 산소 가서
음복 빙자해 낮술 먹고
마음속 물소리 들으며 앉아 있는데
어치가 멀리서
곽곽 바둑돌처럼
내 등에 소리를 놓는다
어치 소리는 실패같이 감기고
차르륵 필름처럼 돌아가는 것이
저 새가 말을 거는 것
나도 구음으로 어떤 소리든 내고 싶다
제 소리가 돌아오는 방향으로
소리 얼개를 만드는 거
그건 소리를 본다는 거다
너의 레이더에 툭툭 먹물을 뿌리면서
점멸하는 신호를 보내는 것이
네 속 돌기들을 스치며 건너오는 것이
내게는 왜 어려운가
소리의 살을 감추느라
나무들 어둑한데
산 아래 아직 있다 목덜미 털이 붉은 새

미역국

꽃 피려고 비 온다
아가미까지 고였다가
청주처럼 발효되는 비
숨 막혀서 아득하고
자주 배알이 틀린 건 속얼음이 안 풀린 때문

생일날 아침
굴미역국 끓여 부엌에 서서 혼자 먹는데
갈비뼈 언저리 멍울을 풀며
옆구리 툭 터지듯 비 온다
나이 들면
식물성 물관이 하나 몸에 돋는 거다
귓속 저 멀리서 자박자박 걸어 올라오는
독극물 같은 비
마른 가지들이
새 떠나 버린 둥지 위로
사기 치듯 화들짝 점등식을 하려고

링거같이 똑 똑 비 온다
수요일이라 마당에 장이 섰는데

야전병원 중환자실같이 심각한

비닐 천막이 젖는다

풋마늘을 한 묶음 사다 마늘장을 하리라

덕지덕지 터진 속 지혈되라고

몸 풀던 어머니같이

미역국 먹는다

북양

비 오는 마음 질질 끌고 법수치 절벽 끝에 서서
불 먹은 우레가 치어 떼를 몰고 바다로 나가는 걸 보았다

헤엄쳐 간 것들이 지구 북쪽 끝까지 갔다가
베링해 써클라인쯤에서 몸을 돌릴 때

제 속 어떤 캄캄한 손이 꼬리지느러미를 밀어 준다고
오래된 기름을 놓은 램프 하나가 부레 속에 작게 켜진다고

회귀선 위를 죽을 듯이 달리던 DNA 속 무엇이 돌아서서
멈추고, 당기고, 밀었을 거라고

늙은 고욤나무가 벼랑에서 떨어지는 나를 잡아서
밀고 당기며 북양으로 흘려보낼 때

횡격막 속 사막 하나가 송두리째 어디로 빨려 들 때
마음이 닭목같이 꺾일 때

겨드랑이 뒤 날개뼈를 잡아 삶 쪽으로 나를 밀어낸 손이
있다

드랙라인실크

무당거미 한 마리가 방범등 아래 집을 짓는다 득달같은 형
광등이 삼파장을 하얗게 뿜어내는데 누가 그랬지? 거미 실크
가 강철보다 다섯 배나 단단하다고

붉은 배통을 부풀려 죽어라고 실을 뿜어 버팀목을 만든다
거꾸로 매달려 가로와 세로를 잇는 가느다란 베틀, 어딘가 저
실들 수천 갈래 바람을 타고 벼랑 하나를 붙잡고 있을 터인데

다리의 노란빛이 출렁, 잠시 헛발질이다 젊어서 더 절망이
던 어둑하던 헛발들, 오기처럼 질기고 질긴 내 드랙라인실크,
진액을 뽑아 나를 잡아매던, 내 무게보다 몇 배의 부하를 견
디어 줄 거라고 믿던 탄성의 실낱들

찰과상이 난 자리를 쓰윽 문지르며 그렇게 내 실들 출렁거
리며 촘촘한 너 하나를 드나들고자 했던가 나를 쥐어짜며 새
실들 기진하도록 뽑은 흔적, 다 쏟아 버린 껍데기를 상처로 휘
감는 일, 아직도 헛발질로 하고 있다

무당거미 한 마리, 질기고 질긴 제 통로 하나를 내고 있다

뜬다

전주 가서
풍남동 기와집들 사이
느작느작 걷는데
골목 어디서 누룩 냄새 나네
뉘 집 술이 부글부글 뜨는 거지
물속에 불 들어 다 삭는 거지

신작로 건너면 옛집인데
뒷방 귀퉁이 헌 이불 뒤집어쓰고
술 항아리 울던 것 생각나네
발꿈치를 흔들며 솟구치던
사글사글 술 우는 소리
조기 떼 우는 소리가 저랬을 거라고
식객이던 외갓집 서할머니
서늘한 귀를 대어 보곤 했네

내 속 어디 독 하나 들어앉아
헛불 속에 물이 들어
질척질척 괴어오르던 것인데
누룩 반죽 속 수천 개 낱알들 나를 굴리며 짓무르며

캄캄하게 뜨고 있던 것인데

늙은 감나무 아래 누가
흰 무명 차일을 치고 있네

에멘탈치즈

거긴 젖과 꿀이 흐른다고? 꿀은 몰라도 젖은 쉬운 애기가
아니라네 사자부터 고래까지 이 악물고 제 몸 열어 새끼를 낳
은 어미라야 젖이 도는 것 창자가 끌려 나갈 듯 빈 젖 빨려 봐
야 젖줄에 목매는 것 제때 고이지 않던 것들 세월 건너 다 삭
혔는데 가슴속 팽팽해진 돌기들 불쑥 멍울 지네 이제 와 심술
처럼 바람 드네 새끼 둘 소젖 먹이고 애간장에 고여 있던 식
은 밥풀 같은 것들

내 속 어느 갈피에 저장고를 내려 몇 년씩 하얗게 뜨는 사
정을, 다 굳은 것들이 냄새를 피우며 이제야 발효되는 사연
난 알 수 없지 눅눅한 알갱이들이 누가 줄창 뿌려 대는 소금기
에 휘저어져 뒤집히고 흔들리다가 어느 술 취한 밤 내 속 비상
(砒霜) 봉지 끈이 풀린 거지 어린 날 늦도록 어머니 빈 젖 빨다
가 꿀꺽 삼킨 것, 비결 같은 독 한 모금 이제야 삭는 사연을

내 밑바닥 푸른곰팡이 꽃처럼 피고 숟가락 끝마디만큼 툭
툭 빈 발효공이 생긴 사연 난 알 수 없어

우화(羽化)

배추흰나비 애벌레가 맨 처음 하는 일은
제가 나온 알집을 먹는 거라고

교대 앞 거북곱창집에 앉아 아들아이와
와글와글 소주잔 기울일 때 서로 덴 상처를
헤집고 뒤집어 쇠꼬챙이로 구워 낼 때 악악대며 비명 지르며

아이는 제 알집을 나는 내 알집을 아삭아삭 씹는 거라고
그 힘으로 고치 하나 짓는 거라고
배배 꼬여진 날개를 천지에 펴는 거라고

곱창에 기름 자글자글 돌고 숯불 희미해져 뻘밭같이
질척질척 자꾸 빠지는 발
밤새 너를 두드리던 말 애끓는 말 병신된 말
녹슨 톱같이 날 안 들어서

쇠심줄같이 질긴 어머니를 내가 오늘 저녁
다 먹은 거라고

솔거

　서서 한강 건너는데 헐렁하게 늦은 지하철, 약수에서 누가
새 물감 상자를 들고 탔네 '솔거 수채화 물감'이라고? 잊었던
육촌 형이라도 만난 듯 사람들 화들짝 솔거를 보네 유리창 건
너 캄캄한 강물 위로 떠가는 벽화 속 푸른 소나무를 보네 남
의 발을 밟으며 술 냄새를 피우며 이어폰 꽂은 채로 한 사람
씩 황급히 돌아 나오는 순간속도의 황룡사

　텅 빈 거기 아직 시력 나쁜 새들 살고 있니? 나처럼 다초점
렌즈에 돋보기 겹쳐 쓰고도 속아서 황당하게 담벼락을 굴러
떨어지니? 속아 주려고 부대끼며 흔들리며 채색화 그려진 담
밖을 낮게 날고 있니? 강 건너 미적미적 솔거가 내리고 전동
차 속 다시 후끈한데 핸드폰을 손에 쥐고 잠든 시력 나쁜 사
람들, 깁스붕대한 날개로 느릿느릿 날아간다

연꽃

사기점골 지나

눈이 퉁퉁 부은 늪지 가득

팔월 연잎들이

분홍색 상여를 끌고 오네

마음이 허벅지까지 늪에 잠기네

흐드러지며 웅크리며

겨우 들어 올려진 상여를

솔밭 사이로 솔밭 사이로 떠메고 가는

저 커다란 손은 누구일까

어디서 상두꾼들 선소리 메기는

먼 파동이 귓등을 떠미는데

연밥들 바람에 흔들리며

나직나직 사잣밥 세 그릇을 내려놓고

수초들 물 흔드는 소리

이 못을 다 들쳐 업고

미농지같이 얇은 울음을 끌고 가는

저 말간 등은

삼베같이 풀 먹인 등은

헐리다

언덕 아래 금오아파트가 절반쯤 헐린 채 덫에 걸린 짐승처럼 웅크리고 있다 등덜미에 노란 깃발을 꾹꾹 꽂은 채 눈꺼풀 가득 도깨비불을 품고 있는 놈

포클레인이 독수리 떼같이 달겨들어 갈기갈기 뜯을 때마다 헤엄치는 별들이 시멘트 벽과 벽 사이에 숨었다가 토악질을 하며 쏟아졌다

누가 서랍 속에 두고 간 슬픔들이 저 혼자 꼬리가 돋은 거다 선반 위 항아리 속 아직 붉게 삭고 있는 낭패와 남루의 이름들

수백 개의 문과 문을 지나 기둥들이 노을을 받고 서 있는, 석면 가루 지천으로 화산재처럼 날리는 저 유적지

여기 살던 사람들 다른 개미굴 속에 들어앉아 가만히 TV를 켜겠다 제 속 수십 채씩 헐지 못할 집이 있어 무거운 저녁

텅 빈 주차장 지하철역으로 가는 길이 파랗게 얼었다 등줄기 가득 죽은 회로들을 싣고 칠흑 같은 길이 어디로 가고 있다

제4부

구름 사진을 보시겠습니다

캄챠카반도라구요?
거기서 먹구름이 몰려오나요?
저 앞 라면집 유리문 겹겹이
햇살 뭉쳐 있는데
시든 제라늄 화분처럼
광합성이라도 하는 척 내 맘 뒤척이는데

가시광선으로도 내 헐은 속 다 찍힌다구요?
허파 가득 층층 구름들 바람을 몰고 와
척척 휘감기는 사연을
내 안 움푹 패인 곳
가는 빗발 뿌리고 우박 쏟아지고

혼비와 백산 초고속 구름들
화살표 방향으로 날아가는 것
구름의 가계도라구요?
이게 아닌데 자꾸 눈물이 나서
옥상의 알미늄 환풍기를 차르륵 돌려 보는 것인데

거기 서서 바라보면

비닐 덧댄 낮은 지붕들이 붕붕거리며
폴라로이드카메라를 누르죠
파고는 높고
낙뢰, 그리움, 건조주의보
나는 구름 사진 밖에 있나요?

와와위

네 발 달린 물고기라구? 꼭 아기처럼 울어서 아기고기라
구? 깊은 밤 와와위*가 우는 소리를 듣고 나면 울음소리가
가슴을 파고들어 죽어도 그걸 먹을 수는 없다구? 상해 가
서 밥 먹다가 아기 울음소리 가득한 캄캄한 호수를 업고 나
온 적 있지

조계지 위로 노을이 홍시같이 붉었는데 임시정부 허름한
골목을 빠져나와 황포강가에서 생선 요리를 먹었지 간장 소
스를 끼얹은 도미인 줄 알았지 생선 흰 살을 거의 먹어 갈 쯤
조선족 안내원이 그랬지 아기고기라고, 작은 잔에 담긴 중국
술을 자꾸 먹었네 아무리 보아도 발은 없었는데 누구 손이 내
귓바퀴를 쓸어내렸는지 몰라 칠흑 같은 수면 위로 아기 우는
소리를 들었지

그 울음소리 들쳐 업고 나왔네 여관 담 밖으로 고양이 울
음이 비처럼 지나가서 강바닥에 마음이 자꾸 감겼지 바람이
불고 태풍이 올 거라고 했네

●와와위(娃娃魚): 중국 후난성 호수에 사는 물고기. 낮에는 산으로 올라
갔다가 밤에는 호수 밑바닥으로 돌아온다. 발이 있고 비늘이 없고 어떤 것
은 백 년을 넘게 산다.

박쥐나방 동충하초

박쥐나방 애벌레 한 마리가

제 몸보다 긴 팔을 뻗는다

붉은 자실체를 머리 위로 들어 올린다

처음부터 저것도 알았을 거다

포자 한 올 느닷없이 제 안에 숨어든 것

턱없는 변종의 기갈과 상처들이

어느 날 제 속

사각사각 갉는 소리 다 들은 거다

건너편 산 하나가

빈 몸속으로 들어와 서는 저녁

라디오를 켜 놓고 혼자 밥을 먹다가

꾸역꾸역 들여다보면

발가락이 긴 나무 한 그루 내 속에 서 있다

알고 있는 거다

겨우내 지은 저 기둥 하나

지금 제 날개라는 것도

텅 빈 꿈이 제 배를 밀면서

가야 할 길이 아직 남아서

돛 한 폭을 높이 펼쳐 드는 것

우주 멀리까지 초고속 광케이블을 날리는 거다

고려인 마을 문익점

한여름 우즈베키스탄 김병화로력영웅집단농장 간다 텅 빈
고려인 학교 지나 더위에 지친 목화밭이 지평선까지 질펀하게
눕는 것 본다 횟배 앓는 기차로 대륙을 건너온 말라붙은 씨앗
하나가 붉은 황무지를 들쳐 업고 눈물로 재우는 것 본다 흰
목화꽃 주먹눈같이 마음속에 쌓이는 것 본다 헐은 막사 아
래 이빨 다 빠진 늙은 문익점이 광대뼈에 피멍 같은 점을 하
고 고봉밥 한 사발 느릿느릿 먹는 것 본다 얼룩처럼 희미한 고
향이, 피칠갑을 한 얼굴들이 아주 잠깐 그의 눈썹을 스치는
것 본다 붓깍지 같은 검은 손톱이 더는 들킬 것 없는 한 생을
사발처럼 들고 묵은 궤적들을 쥐어짜면서 비스듬히 일어서는
것 본다 흐린 눈 속 저 아래 철렁 내려앉은 우물이 수십만 평
목화밭을 단번에 적시는 것 본다 농장 입구 바리케이트 위에
어린 것들이 걸터앉아서 조금씩 다른 피가 섞인 눈들이 발끝
으로 웃는 것 본다

화정리(花井里)

뒷담 밖에 향내 솟는 우물이 있다고 했다
하루 두 번 있는 버스를 타고
해 질 녘 솔밭 사이로
걸어 들어가면
대밭 넘어 구렁이 등처럼 빛나던
어둑한 골기와 이층집
정짓간 이층 아궁이에 불을 지피면
깻묵같이 삭은 속내를 풀어
풀풀 묵은 연기를 올리던 집
누각 오르는 좁은 바람벽
당사주책 그림 같은 할머니 초상화가 무서웠는데
기영이 삼촌의 기침 소리 밤 내 사랑채에서 들리고
연못가 목련이 뜰채로
어린 잠을 건져 올리던 집

그 집 딸들 대처로 다 떠나고
어느 새벽 늙은 짐승처럼 그 집
가만히 주저앉았다고 했다
소리도 없었다고 했다

자동응답기

지난겨울 낙산사 원통보전 마루 끝에 앉아 삼재기도 하라고 나를 붙들던 보살, 내 속 몇 십 리 다 태워 버리라고, 바람 든 허파 속 몇 굽이, 삼재에 팔난을 친친 감아 소신공양하라고 붙들던 말, 이 봄 절간 한 채 다 태우고야 알았네 원통보전은 아직도 불 속을 걸어가고 있는데 눈먼 종소리, 더듬더듬 아침 해를 들어 올리네

삼재 든 내 속 텅 비워 종루에 걸어 두라고, 소짓장으로 타 버린 기도 접수책에 지금도 내 전화번호를 꾹꾹 눌러 쓰고 있나 어깨에 찐득찐득 엉겨 붙던 진땀 난 종소리가 흐린 날 하루 징징 내 마루를 휘젓기도 해 불에 덴 소리 한 올이 내 주파수를 따라와 자동응답기 안에 또아리를 튼 거야 재생 버튼 속 누군가 쪼그리고 앉아 붉은 쇳물을 헤치며 새들을 날려 보내지

다 놓아 버리라고 내 쓸개 부황 든 어디 탁탁 성냥 긋는 소리 나기도 해 낡은 응답기 속 아직도 나무들 활활 타오르고 다친 종소리는 맨발로 걸어 다니지

오이(烏耳)

어두워지고
한 발 늦어서
갈까마귀 귓속으로 섬 하나가
소용돌이치며 빨려 드는 것 본다
조개 굽는 판잣집 루핑 지붕 위에
허리가 긴 바람이 앉아 있다
불도 켜지 않은 등대가
붉은 그림자만 누워서
밀물을 끌며 경(經)을 읽는다 이십 년
쇠귀에 경만 읽다가 거덜나 버린 내 귓구멍을
꽉꽉 채우며 넘치는 바다
방파제 너머 번들거리는
비릿하고 불온한 어둠의 옆구리
손바닥을 찔러 보면 금방 쓸개까지 손톱이 닿는
그 알 수 없이 무른 허방
패총같이 하얗게 뼈를 드러내는 슬픔
배들은 묶여서
녹슨 작살 같은 거 내 속에서 찌그덕 흔들리고
걸어서는 닿을 수 없는 곳
저 모래톱 건너 다른 섬이 있을 거다

쇠돌고래 한 마리

한강 반포지구 서래섬과 고수부지 사이에서 길이 140cm 무게 40kg 가량의 돌고래가 숨진 채 떠 있는 것을 한 시민이 발견해 신고했다. 이 시민은 "짙은 회색 빛깔의 돌고래가 물 위에 떠 있었고 옆구리는 혹이 난 것처럼 부풀어 있었다"고 말했다.

돌아갈 수 없네

드나들던 길 덫처럼 닫히고, 수중보를 거슬러 여기까지, 소금기 엷어지고 강바닥 자갈밭 돌무더기뿐, 이 강의 끝은 어디인가

해는 뜨고 지고, 바다에서 보던 새벽별 보이지 않고, 그사이 봄은 무르익어 살구꽃이 강물에 뜨네

고장 난 방향타로 초음파를 쏘아 대면서 자꾸 뒤돌아보면서, 상한 지느러미 느리게 휘적이며 제 몸속 소금들을 억지로 핥으며

진구렁을 끌고 가네 썰물과 밀물을 다 끌고 가네 불지옥에 제 몸 태우고 부수며, 끝내 닿지 못한 채 눈 빤히 뜨고, 온몸 동아줄에 묶여 이제야 절 한 채를 다 지었네

단청도 없는 목어로 매달려, 저물녘 텅 빈 속 흠씬 두들겨 맞아, 타닥타닥 목쉰 울음만 강까지 내려왔네 꺽꺽 울면서 모

스부호같이 음파를 보내네

한 바다를 다 삼켰네

스부호같이 음파를 보내네

꽃상여

산벚나무가
제 상여 한 채를 짓느라
회색 비탈이 환하다
LED전구를 수천 개 켠 무대장치처럼
얼음 들어 속 터진 자국마다
진물 흥건히 핥으며 꽃이 핀다
죽어서야 홍역 하는 사람처럼
꼭 갚아야 할 빚처럼
온몸 열꽃이 솟는 거다
상여 난간 가득
당채 바른 나무 꼭두
꽃각시 광대
물고기 눈을 한 봉황새들
등불 올리듯 공양이다
분홍 눈 날리고
홑꽃들 무더기로 발 구르며 상여 한 채를 떠메는 거
만장 날리며 걸어가는 것들

동자 동녀 삼천이 네 귓바퀴에 대고
꽹과리를 친다 해도 네가 돌아보겠느냐

하강

추락이 아니겠지
그는 이 낙법을 선택한 것이겠네

총 맞은 것처럼
제 몸이 총알인 것처럼

빗금 속에 몸을 섞는 거지
붉은 발가락 오그리고

태백여관

별에서는 휘발유 냄새가 나
별자리마다 모터 도는 소리가 나
내 속에 기름 부어
불 켜 든 적 있어서
잃어버린 인공위성 같은 거 있어서
쥐어박을 듯 이마로 별이 쏟아져서
기억이 날개를 치며
마음 어디 발기발기 까발려서

산도 마을도
다 허방 진창이라고
잠은 저 혼자 질척거리다
오래된 둑을 떼밀고
마음속 무엇이 무너지는 기척이 나
산란하러 올라오는 황어 울음소리가 밤새 나

여관 유리문 밀고 나가
석탄회사 사택들을 지나
24시간 해장국집으로 걸어가는 새벽
탄부나 연하에 잠깐씩 서는

느린 기차에서 막 내린 사람의
덫에 친 방울뱀 소리

새마을노래방

오랜만에 선배랑 새마을호 탔지

카페열차 가서
흔들리며 서서 커피 먹다가
우주선 캡슐 같은 노래방에 들었네
삼십 분에 오천 원 읍내 어디같이
바랜 비닐 소파에 앉아
연분홍 치마가 봄바람에 휘날리더라
새파란 풀잎이 물에 떠서 흘러가더라
창밖 들판이 빠르게 나무들을 지우는 것 보네

도무지 알 수 없는 한 가지
사람을 사랑하게 되는 일 참 쓸쓸한 일인 것 같아
회색 하늘이 손톱으로 차창을 지익 긁어서
철교 아래 강물이 출렁이며
고해소 같은 노래방을 적시네

살아 내는 것
손가락 휘도록 힘들어서
역전 국밥집 의자에 기대 밥알도 못 씹던 사람

악쓰며 노래할 기운 있었네

쓰라린 무엇이 그림자를 끌고
귓속으로 더듬더듬 지나가네

마량진

갈매기 떼가
썰물을 끌고 간다
가다가 저만큼 부리의 힘을 탁 놓아 버린다
뻘 건너 수평선이 팽팽해진다
발바닥이 드러난 어선들이
스크류를 이빨처럼 간다
뻘밭이 수천 개의 흡반을 들이댄다
박하지 새끼가
구멍마다 집게발 하나씩을 내밀고
노을을 섬뜩 베어 문다
뻘이 번득이며 붉게 물든다
아직도 흙탕인 바다가 지는 해를 한번 더 울컥 떠올린다
다시는 돌아오지 않을 듯이
뻘이 깊이깊이 가라앉는다
작은 횟집 몇이 불을 켜 들고
흡반 속으로 빨려 든다

눈 오는 저녁

석 달 열흘 눈이 와서
배도 차도 끊긴
빙하 같은 천지 있어서
발 딛는 곳
길인지 늪인지 모르면 어떻게 하나
허벅지까지 퍽퍽 빠지는 눈을
막무가내로 서서 바라보면 어떻게 하나
차도 집도 갇혀 버린 곳
전신주에 매달린 노란 화살표를 따라
산이며 방죽이 바퀴를 달고 한없이 미끄러져 가고
손가락마다 얼음 들어
너를 만질 수도 없으면 어떻게 하나

길모퉁이 행복약국 앞에
오토바이를 세워 놓고
퀵배달하는 이가
두 눈 가득 눈을 맞고 서 있네
오래된 저녁에는 아직도 마을마다 눈이 와서
고개를 젖히면
목젖 아래 서늘한 우물 있어서

소리와 시간의 풍경, 꿈과 사랑의 형식
—김윤의 시 세계

유성호

1. 몸속에 흐르는 물소리

김윤 시인의 두 번째 시집 『전혀 다른 아침』은, 그녀의 첫 시집 『지붕 위를 걷다』(문학수첩, 2004) 이후 9년 만에 나온 오롯한 결실이다. 시인은 자신이 "오랫동안/ 뗏목 위에 서" 있었고 그 과정에서 '우레'와 '비'와 '물굽이'를 숱하게 겪었지만 그 "물살이 여기까지 끌고 왔다"(『시인의 말』)고 섬세하게 고백한다. 그래서 이번 시집은 그토록 신산하고 애잔했던 세월을 갈무리한 결실임과 동시에 시인을 여기까지 끌고 온 물살을 자신의 몸속에서 출렁이게 하는 풍경첩이기도 하다. 그래서인지 그녀는 자신의 몸속에서 출렁이는 물소리를 줄곧 듣고 있는데, 가령 "마음속 물소리 들으며 앉아"(『어치』) 있기도 하고, "물이 펄럭이는 소리를 듣는"(『숭어 비늘』) 모습을 환하게 보여 주기도 한다. 여기서 중요한 하나의 축은 시인이 자

연 사물을 주된 시적 표상으로, 그리고 자신의 관념을 가탁
(假托)하는 상관물로 일관되게 상정하고 있다는 것이다. 이는
문명사회의 극점에서 자연 사물이 함의하고 있는 가치들 이
를테면 생명성, 신성성, 시원성 같은 것을 시인이 적극적으로
옹호하고 있다는 것을 의미하기도 한다. 그 점에서 그녀 몸
속에 흐르는 물소리는 시원(始原)의 그것에 한없이, 스스럼없
이, 가까워진다.

　　저 사람, 등으로 말 거는 것 봤니?
　　다친 등뼈 한 마디, 들판 하나를 품고 울림통이 되는 것

　　미추쯤에서 목쉰 소리 휘돌아 감는 것 들었니?
　　질척이는 골목길 폐쇄 회로 카메라 속에 잠긴 늙은 느티
같이 어둔

　　등판 가득 소리를 으깨며 젖어 있는 뼈들
　　디스크마다 우물 하나씩을 감추고 부서진 기억들 첨벙거
리는 소리 들었니?

　　식구들이 잠든 캄캄한 방 앞에 저 사람 우두커니 서 있는
것 봤니?
　　어둠 속 솜같이 젖은 허파를 상한 등으로 바라보다가
　　낡은 모니터가 물속처럼 얼굴을 비출 때
　　손바닥 가득 깨알 같은 글씨로 소장(訴狀)을 써 들고

어디론가 기차를 타려고 긴 줄을 서는 것

그 기차 가득
고장 난 TV가 외눈박이 물고기처럼
불 환히 켜고 흘러가는 것 봤니?

—「저 등」 전문

대체로 '등'은 무거운 짐을 지고 있거나 삶에 지쳐 굽어 있
는 형상으로 서정시에 잘 나타난다. 김윤 시인은 여기서 한
사람의 "다친 등뼈 한 마디"를 불러온다. '등'으로 말을 걸고
'등뼈' 안에 들판 하나 품은 채 스스로 "울림통이 되는 것"을
듣고 있다. '미추'에서 "목쉰 소리 휘돌아 감는 것" 역시 시인
의 예민한 귀에 하나하나 들어온다. 이때 늙고 질척이는 어
두운 골목에서 "등판 가득 소리를 으깨며 젖어 있는 뼈들"은
제 몸에 저마다 우물 하나씩 감추고 "부서진 기억들" 속을 첨
벙거리고 있다. 이 모든 것들이 '등'에서 들려오는 소리이자
시인의 몸속으로 흘러드는 소리일 것이다. 그때 시인은 우두
커니 서 있는 한 사람의 모습을 흐릿하게 부조(浮彫)하는데,
'그'는 식구들이 잠든 캄캄한 방 앞에 서서 어둠 속 젖은 허파
를 상한 등으로 바라보고 서 있다. 이때 어디론가 불 환히 켜
고 기차가 흘러가는 것이야말로 그렇게 물소리를 내며 흘러
가는 '시간'의 적실한 은유일 것이다. 여기서 시인은 "나이 들
면/ 식물성 물관이 하나 몸에 돋는"(「미역국」) 것이라는 믿음
을 보여 준다. 이때 등장하는 '저 사람'은 "어두워지고/ 마음

은 등 떠밀려 멀미하듯 기우뚱한데/ 물소리의 한쪽 귀퉁이를 찌익 끌고 가는 사람"(『과 과 과 과』)처럼 보이고, '기차'는 "오래된 기차처럼 레일 위에 서서"(『간쟁이』) 조금씩 상한 채 익어 가는 표상을 고스란히 닮았다. 이처럼 이 시편에서 '등'은 우리 삶의 깊은 심연(Abgrund)이요 매끄러운 레일로 현상하고 있다. 그때 고단하기만 했던 '등[背]'은 비로소 삶을 밝히는 '등(燈)'으로 몸을 바꿀 준비를 한다.

우리가 잘 아는 것처럼, 자연 사물이 이루는 풍경에 동참하면서 거기서 신생의 순간을 발견하는 과정을 '깨달음'이라고 부를 수 있다면, 서정시의 중심적 기능 중 하나는 바로 그 '깨달음'에 있을 것이다. 그 점에서 우리는 김윤 시편을 읽음으로써 자연 사물에의 비유를 통해 미처 인지하지 못했던 어떤 관념이나 가치들을 경험적으로 깨닫게 되고, 그 순간 그녀 시편들이 담아낸 사물들이 '충만한 현재형'으로 새롭게 태어나는 과정을 바라보게 된다. 이렇게 김윤 시인은 자신의 개별적 경험을 보편적 지혜로 수렴하는 서정시의 기본 원리를 충실하게 구현해 내고 있다. 다음 시편을 읽어 보도록 하자.

새벽 강물에 얼음이 떠 있다

얼음판들이 뗏목처럼 엮이며 강을 끌고 간다

얼음에 지네같이 수없는 발이 있다

>

파란불이 줄줄이 켜진 차창들이 그 발을 딛고 물 위로 떠
밀려 간다

시곗바늘 두 개 사이로 째깍 소리를 내며 기차가 선다

간이역 석탄 더미 위로 눈이 쌓여 이불처럼 석탄을 데운다

쌀미음같이 희부연 하늘이 하루치의 흰빛을 선로에 내리
붓는다

하얀 그늘이 한꺼번에 주르륵 쏟아진다

역사(驛舍) 밖의 마을이 안개에 잠겨 기우뚱 역 쪽으로 기
운다

자전거를 탄 늙은 남자가 흐릿하게 지나간다

화투 속 같은 소나무가 세 그루 공중에 떠 있다
—「용문역」 전문

여기서 '용문역' 역시 시간을 공간화한 표상일 것이다. 새
벽 강물에 얼음이 떠 있고, 얼음판들이 뗏목처럼 엮여 강을
끌고 가는 고즈넉한 곳이 바로 그곳이다. 얼음에는 발이 수
없이 달려 있고 그 발을 디딘 채 차창들이 물 위로 떠밀려 간

다. 여기서 시인이 바라보는 물 역시 몸속의 물소리로 치환되어 시인의 기억 속으로 잠입한다. 이때 간이역 석탄 더미 위로 쌓이는 눈도 "하루치의 흰빛"을 선로에 내려놓는다. 그렇게 역사(驛舍/歷史) 바깥에서 기울어 가는 시간은 "자전거를 탄 늙은 남자"와 함께 흐릿하게 잠겨 가고, 결국 '용문역'은 그러한 시간을 담고 있는 공간이자, 얼음과 눈발, 낡은 선로와 늙은 남자를 모두 담고 있는 화첩으로 현상하게 된다. 이는 모두 "깊은 주름" "늙은 웃음"(「부처洞」)처럼 "어둑어둑 늙어 가는"(「오빠는 잘 있단다」) 사물들의 보편 형상을 보여 줌으로써, 우두커니, 기울어 가는 시간의 깊은 심연을 암시해 준다. 자연 사물 속에 숨 쉬고 있는 보편적 소멸의 원리를 통해, 시인은 가차 없이 흘러가는 이 분절되고 물신화한 시간을 견디는 방법을 역설적으로 탐구하고 있는 것이다. 이제는 그 '시원'의 시간을 향한 시인의 간절한 기억들에 가닿아 보도록 하자.

2. 시간의 풍경

우리가 잘 알듯이, 서정시 속의 '시간'은 경험적이고 물리적인 시간 자체가 아니라, 작품 내적으로 재구성된 상상적 시간이다. 우리가 '기억'이라고 부르는 것도, 시인의 마음의 지층에 보존된 하나의 상상적 재구성의 표지(標識)이다. 그래서 시인들은 고고학자처럼 의식 건너편에 있는 시간의 기억들을

우리 앞에 복원시켜 놓는 것이다. 김윤 시편은 낡고 소멸해
가는 것들에 대한 강렬한 기억과 그 견고한 흔적을 선명하게
남겨 놓음으로써, 그야말로 '시간'의 풍경에 관한 남다른 사
유와 감각을 보여 준다. 그 구체적 사례를 살펴보자.

별에서는 휘발유 냄새가 나
별자리마다 모터 도는 소리가 나
내 속에 기름 부어
불 켜 든 적 있어서
잃어버린 인공위성 같은 거 있어서
쥐어박을 듯 이마로 별이 쏟아져서
기억이 날개를 치며
마음 어디 발기발기 까발려서

산도 마을도
다 허방 진창이라고
잠은 저 혼자 질척거리다
오래된 둑을 떼밀고
마음속 무엇이 무너지는 기척이 나
산란하러 올라오는 황어 울음소리가 밤새 나

여관 유리문 밀고 나가
석탄회사 사택들을 지나
24시간 해장국집으로 걸어가는 새벽

　　탄부나 연하에 잠깐씩 서는

　　느린 기차에서 막 내린 사람의

　　덫에 친 방울뱀 소리

—「태백여관」 전문

　아릿한 휘발유 냄새를 끼치는 겨울 여관에서 시인은 별을 우러러보고, 그 별의 모터 소리가 기름을 부어 불을 켜는 것을 새삼 바라보고 있다. 그 순간, 기억이 날개를 치며 이마와 마음을 동시에 깨운다. 밤은 깊어 산도 마을도 잠겨 가고 마음속 무엇인가 무너지는 기척과 함께 시인은 산란하러 올라오는 황어 울음소리를 듣는다. 여관 바깥에는 석탄회사 사택들이 있고, 새벽을 맞아 지나가다가 "잠깐씩 서는/ 느린 기차"는 다시 한번 오랜 '시간'을 은유하면서 거기서 막 내린 사람들의 어둑한 세월을 아득하게 그려 보여 준다. 이때 '태백'이라는 기표의 고적한 풍경과 함께 시인은 "목숨 걸었던 것에 대한 피로를/ 무쇠 빗창으로 시간을 털어 내는 법을"(「자리돔 썰어 주듯」) 차차 배워 간다. 그와 동시에 그녀의 언어 역시 "녹슨 삽같이/ 어눌하고 어둑한 언저리"(「산빛」)에 놓인다. 이처럼 김윤 시인은 우리의 척박한 현실에 대한 적극적 항체로써 시원의 시공간을 상상적으로 그리면서 그 시공간을 통해 우리가 잃어버리고 사는 근원적 가치들을 새삼 일깨워 주고 있다. 이는 시인의 안목이 현실적 타산이나 정치적 이념에서 형성된 것이 아니라, 가장 깊은 '근원(origin)'에 대한 추구 과정에서 발원한 것임을 선명하게 알려 준다. 다음 작품은 어떠한가.

장춘 가서

위황궁 앞을 오락가락 걷는데

푸른 기와 얹은 담장 너머

아편 냄새를 피우며 해가 지네

깃발처럼 빨래 내걸린 들창 지나

모퉁이 중국 책방

아직 청년인 아버지가

내 아들만큼 젊은 아버지가

상아 고리가 달린 책을 집네

비상금을 숨기던 비단 표지가 있는 책

그 책 속 별자리 옆에 아버지는 앉아서

애야 애야

중풍도 안 걸린 스무 살 아버지가

청상 할머니만 두고 도망 나온 아버지가

한 시절을 밀치며

내 속 찌그러진 잠복 세포들을 휘젓네

그 골목 어디 낡은 만선일보 사옥 있어서

몇 십 년의 저녁이 와글와글 밀려오고

개장국이라고 쓴 술청의 작은 팻말

진땀 나는 등불이 흐릿한데

어린 날 그렇게도 아득하던

술 냄새 절은 만주라는 말　　　　　　　—「만주」 전문

여기서 "술 냄새 절은 만주라는 말" 안에는, 중국의 구체적 지명이라는 일차적 공간 표상을 넘어, 오랜 동아시아 근대사의 시간 지층이 녹아 있다고 할 수 있다. 가령 시인의 기억은, 장춘의 푸른 기와 얹은 담장 너머 이울어 가는 태양의 환각적 '아편 냄새'를 통해 선연하게 재구성된다. 이때 '장춘(長春)'은 그 옛날 만주국 수도 '신경(新京)'으로 되살아나면서 겨우 스무 살 청년이었던 '아버지'의 생애로 생생하게 오버랩된다. 아버지가 책방에서 책을 집으시는 장면이 환각처럼 펼쳐지고, "비상금을 숨기던 비단 표지가 있는 책" 속에는 별자리가 숨어 있고 그 옆에 젊은 아버지가 앉아 계시다. 그 후로는 중풍에 걸리시기도 하고 청상 할머니만 두고 도망 나오시기도 했지만, 그때 아버지는 그렇게 한 시절을 밀치며 시인의 마음속을 휘저었던 분이다. 그 옛날 신경에서 발행했던 『만선일보』의 사옥을 바라보면서 시인은 "몇 십 년의 저녁"이 와글와글 밀려오는 것을 느낀다. 흐릿한 등불과 함께, 시인은 어린 날 아득하게 생각하던 '만주'라는 말을 몇 번이고 새겨보는 것이다. 아버지의 젊은 날이 깊이 각인된 '만주'라는 사실적 기표를 통해, 흘러가 버린 시간의 깊이와 무게를 가늠해 보는 것이다. 이 또한 자신의 존재론적 근원에 대한 추구의 연장선상에서 이룬 결실이 아닐까 싶다.

생각건대 이 작품에서 시인이 보여 주는 선연한 기억들은, 어느 부분에서는 아름답고 신비롭게 가다듬어져 있기도 하지만, 혹독한 상처의 서사를 과장 없이 재현하고 있기도 하다. 그만큼 그녀에게 '기억'이란, 지난 시간에 대한 미화보다

는, 혹독했던 상처를 추스르고 견디는 데서 발원한다. 그 과
정은 그녀의 성장사와 고스란히 겹쳐 있고, 그녀가 곁에서 관
찰해 온 사람들의 생의 형식 속에 각인되어 있기도 하다. 그
것이 자신의 이야기든 다른 이들의 이야기든, 김윤 시인은 남
다르게 강렬한 애착을 가지고 그 이야기의 뿌리를 거두어들
이고 있다. 따라서 시인의 시적 관심과 욕망은 자신이 힘겹게
통과해 온 시간과 자연 형상들을 은유적으로 결합시키면서,
그 안에서 오랜 기억의 풍경을 환기하는 데 있다 할 것이다.

그런가 하면 이번 시집을 잘 읽어 보면 이른바 '기행 시편'
이 여럿 보인다는 것이 어렵지 않게 확인된다. 하지만 그것
들은 단순한 '풍경 시편'이나 '풍물 시편'이 아니다. 오히려 그
것들은 "한 생이 다 착시였을"(「남사(南寺)」) 것 같은 무게를 보
여 주는 삶의 축도(縮圖)요, "흐린 눈 속 저 아래 철렁 내려앉
은 우물이 수십만 평 목화밭을 단번에 적시는 것"(「고려인 마을
문익점」)도 바라볼 수 있게 하는 '시간의 풍경'이라고 할 수 있
다. 김윤 시인은 '태백여관'이나 '만주책방' 같은 곳에서 "끝
내 깃대를 내걸고 만/ 간단치 않은 운명이 거기 매달려"(「깃발
걸린 집」) 세상을 내다보는 풍경과 "헌 기억 밖으로 자꾸 삐져
나오는"(「전족(纏足)」) 풍경을 깊은 눈으로 바라보고 있는 것이
다. 이렇게 자연 사물에 배어 있는 '시간의 공간'을 묘사하고
그 안으로 직핍해 들어가는 작법을 줄곧 택하는 그녀는, 우
리로 하여금 서정시의 근원적 시간 경험을 밀도 있게 치러 내
게 하고 있는 것이다.

3. 실재와 환(幻), 슬픔과 꿈

어찌 보면 김윤 시인은 물리적 실재를 모사하고 재현하는 사실적 작법이나, 언어 실험의 극점을 욕망하는 전위적 작법을 모두 넘어서고 있다. 그녀는 이렇게 양면적이고 중층적인 시법을 줄곧 채택하고 있다. 그 점에서 그녀가 시 안쪽으로 끌어들이는 대상들은 한결같이 실재와 환(幻), 슬픔과 꿈의 양가성을 두루 보여 준다. 그것들은 "눈 부릅뜨고 살자고/ 외치듯 내 뼈끝으로 쓴 부적들"(「부적 2」)처럼 생의 불가피한 상처의 원천이자 그것을 기록하고 각인하는 둘도 없는 힘으로 작용한다. 그래서 그것들은 시인에게 "툭 툭 암호를 보내는"(「부적 1」) 텔레파시와도 같이 "빈 자궁 안에 들판 하나가 가득"(「부적 3」) 차오르게 하는 고유한 힘을 내장하고 있다.

두루 알다시피, 우리는 서정시를 통해 현실에서는 불가능한 존재 전환을 꿈꾸게 된다. 그때 우리는 물리적 현실을 벗어나 전혀 다른 곳으로 상상적 이동을 한다. 그때 이루어지는 시적 경험이란, 사물에게로 원심적 확장을 했다가 다시 자기에게로 구심적 회귀를 치르는 과정을 밟게 된다. 김윤 시인은 서정시의 이러한 이중적 속성, 곧 타자들로의 확산과 자기로의 충실한 회귀를 동시에 꿈꾸면서, 우리 주위에 있는 실재와 환을 모두 거두어들이며 우리 삶의 가장 근원적인 '슬픔'과 '꿈'을 노래한다.

　　싸락눈이 오고

처마 밑에서 새가 흔들린다

흔들리다가 새는 가끔 제 간을 쪼아 간을 볼 거다
주둥이가 긴 어미 새다

보광동 재개발 예정지 굽어진 골목 층계 올라가서
고철 더미 옆 앉을 수도 없이 삭아 버린 의자가 놓인

홑겹 유리문 아래 네가 지난겨울을 난 잠자리가 눈에 밟
히는
혼자 있는 저녁 졸다가 그 골목 언저리로 자꾸 걸어가는 꿈

작은 철창에 갇혀 깔때기로 무한대의 옥수수를 받아먹은
거위가
끝내 허연 푸아그라 한 덩이를 내놓듯이

오랫동안 수액같이 흥건한 고통에 뿌리를 대고 사는 이의
졸아서 소금기 밴 뜨끈하고 물컹한 무엇이 있는 거다

간이 배 밖으로 나온 목어들이 밤 내 배 속에 태풍을 재
우며 운다
끝없이 제 간의 각을 뜨며 상한 속을 비워 낸 거다

우황 든 소가 밤 내 으헝으헝 울며 앓듯이 울음처럼 짠

우리들 상처는 다 요리용이거나 약용일 거다

—「간」 전문

일찍이 윤동주는 「간」이라는 작품에서 자아와 세계 사이의 갈등과 긴장이라는 주제를 노래한 바 있다. 그 작품 속에는 두 개의 설화 곧 프로메테우스와 구토 설화가 섞여 있는데, 이 두 가지는 모두 '간'이라는 공통 요소를 중심으로 결합되어 있다. 윤동주는 어떤 초월적 희망에 대한 환상도 부질없는 것임을 깨닫고 고통스런 자기 응시 혹은 자기 견인의 긴장을 선택하였다. 동명(同名)의 시편에서 김윤 시인 역시 자기 성찰이라는 서정시 본연의 직능을 수행하고 있다. 시인은 싸락눈이 오는 겨울 처마 밑 새를 바라보면서 그 '새'가 가끔 제 간을 쪼는 것을 상상한다. 그런데 간을 쪼면서 간을 본다고 상상함으로써, '간'으로 하여금 '간(肝)'이자 '간(짠맛의 정도)'이라는 이중적 의미로 몸을 바꾸게 한다. 그리고 시인은 "보광동 재개발 예정지 굽어진 골목 층계"에서 "삭아 버린 의자"와 "홑겹 유리문 아래"를 지나 골목 언저리로 걸어가는 꿈을 꾼다. "오랫동안 수액같이 흥건한 고통에 뿌리를 대고 사는 이"들의 삶을 돌아보는 것이다. 그네들의 삶에 붙박여 있는 "소금기 밴 뜨끈하고 물컹한 무엇"에 대해 그리고 "끝없이 제 간의 각을 뜨며 상한 속을 비워 낸" 이들의 삶에 대해 깊이 탐구함으로써 그네들의 상처를 돌아보고 있다. 그만큼 이 시편은 "울음처럼 짠/ 우리들 상처"를 말함으로써 이른바 사회적 상상력의 일단을 아름답게 드러내 준다. 이는 "사는 게 가혹해

서 닳고 닳아 핍진해서 사막처럼 말랐지"(「눈물 없어요?」) 같은
정서 표현이나 "살아 내는 것/ 손가락 휘도록 힘들어서/ 역전
국밥집 의자에 기대 밥알도 못 씹던 사람"(「새마을노래방」) 같은
인물 표현에서도 적극 이어지고 있다. 이렇게 김윤 시인은 자
기 안으로만 울음을 유폐시켰던 구심적 슬픔에서 자신의 바
깥으로 눈길을 돌리는 상상력의 전회를 성취하면서, 하강적
자기 연민을 벗어나 사회적 대상을 향한 외연적 공감을 확산
시키고 있다. 이 모든 것이 물리적 실재와 상상적 환 사이에서
길어 올려지는 역동적 언어를 통해 수행되고 있다.

어제 저녁 내소사 운판 소리가
부안 동중리 밧줄 감긴 돌솟대 꼭대기 새 한 마리를 날려
보냈다

유라시아 어디 새끼를 낳으러 갔던 칡부엉이가
동안거 해제하듯 몇 날 몇 밤을 날아 광릉으로 돌아오고

아무것도 보이지 않는 캄캄한 밤
아무것도 당연한 것은 없다고

소라실 장승들이 운주사까지 논길을 걸어가는데
밤 내 새 탑을 쌓으려고 두런거리는데

보도블록 사이 비집고 선 가난한 겨울나무가

칼끝 같은 약속을 지키려고 수없이 물구나무선다

―「당연(當然)」 전문

원래 '당연(當然)'이란 말은 이치로 보아 마땅하게 그렇게 되어야 옳다는 뜻이다. 시인은 저녁 내내 울리던 "내소사 운판 소리"가 돌솟대 꼭대기에 앉아 있던 새 한 마리를 날려 보냈다고 상상한다. 물론 당연한 일은 아니다. 그리고 유라시아와 광릉을 당연하게 연결하고, 아무것도 보이지 않는 캄캄한 밤에 아무것도 당연한 것은 없다고도 말한다. 결국 시인은 "가난한 겨울나무"가 칼끝 같은 약속을 지키려고 수없이 물구나무 선 풍경을 가져오는데, '물구나무'란 '당연'과는 전혀 다른 이른바 역리(逆理)의 표상으로 다가온다. 그러니 당연하게도 "창밖 길 막히고/ 술은 차고/ 그대 등판 푸른 가시들/ 파랗게 독 오를 때"(「삼성동」) 혹은 "새로 벼린 희고 푸른 날 뼈 끝에 닿을 때/ 칼날이 시간의 모서리를 툭 건들 때"(「물 먹은 소」)처럼 존재론적으로 가파른 지점에 서 있을 때 바로 '당연'은 첨예한 '역리'가 되지 않는가. 이러한 전이 과정을 통해 시인은 "패총같이 하얗게 뼈를 드러내는 슬픔"(「오이(烏耳)」)에 다다르면서, 어렵고 힘겨운 삶을 겪으며 혹은 그러한 삶을 살아간 많은 이들을 바라보며 서정시의 여러 문양(紋樣)을 그려 낸다. 그러나 그녀 시편들은 생의 비극적 형식에서 유래하는 비장미보다는 삶의 애환이라고 부를 수 있는 일상적 무늬를 더 섬세하게 잘 보여 준다. 그래서 그녀는 우리의 삶이 안간힘으로 살아가야 할 그 무엇일지라도, 그 안에서 생의 근원적 형

식을 이루는 삶의 역리를 끊임없이 아름답게 발견하는 것이
다. 그녀 시를 읽는 또 하나의 매혹이 아닐 수 없다.

4. 사랑의 상처와 치유

이제 우리는 김윤 시편의 궁극을 생각해 본다. 그것은 아
마도 '사랑'의 상상과 실현에 있을 것이다. 그녀의 '사랑'은 일
차적으로는 허무나 결핍에서 발원하고 있지만, 차차 목숨 있
는 것들에 대하여 지평을 넓히는 방향을 일관되게 취하고 있
다. 그녀만의 고유하고도 간절한 울림을 지닌 '사랑'의 마음
은, 뭇 사물의 소리에 귀를 기울이고, 그들의 그림자나 작은
움직임에 따뜻한 눈길을 주고, 그들을 깊이 어루만지면서 자
신만의 우주적 시원을 완성한다. 여기서 '시원'이란 공간적
유토피아나 시간적 유년기 등을 지칭하지 않는다. 그것은 우
리의 지각 형식으로는 가닿을 수 없는 어떤 신성하고도 궁극
적인 본향이자, 훼손되기 이전의 어떤 정신적인 경지를 간접
화한 형상이다. 김윤 시인은 자신이 궁극적으로 깃들일 귀환
처를 '사랑'으로 구성하고 있는 것이다.

누가 내 등허리에
붉은 별자리들을 꽂은 거다
잠든 바이러스를 깨워
신경섬유를 뿌리째 흔드는 거다

뱀같이 서늘한 울음을 참는
흰 송곳니를 본 적 있다 틀림없이
나란히 누웠던 적 있다
산을 넘기 전에 검은 염소를 묶어 놓고
당신은 내 머리칼을 쓸었던 적 있다

나란히 누워 운 적 있다
내 얼굴엔 수두 가득하고
그날 태풍 하나가
낮은 지붕 밖을 지나갔다

가을 새벽
북두칠성이 너무 가까워
커다란 목선처럼
내 옆구리로 들어왔다 흘러가고
늑간 가득 수포가 돋은
내가 떠밀고 갈 흉터들을
미리 열어 본 적 있다

—「나란히 누웠던 적 있다」 전문

인용한 시편은 그 누군가와 소통하고 길항했던 흔적의
기록이다. 시인은 그 누군가 "내 등허리에/ 붉은 별자리들
을" 꽂고 "잠든 바이러스를 깨워/ 신경섬유를 뿌리째 흔드
는" 것이라고 상상한다. 서늘한 울음을 참는 흰 송곳니를 보

면서 나란히 누웠던 적 있다고 기억한다. 그때 ‘당신’은 시인의 머리칼을 쓸면서 나란히 누워 울었고, 태풍 지나고 북두칠성이 커다란 목선처럼 옆구리로 들어오는 순간, “내가 떠밀고 갈 흉터들”은 시인의 육체와 기억 속에 남게 되었다. 그 ‘흉터들’이야말로 사랑의 상처와 치유의 기억을 동시에 담고 있는 삶의 거울이 아닐 것인가. 그러고 보니 김윤 시인은 “중앙선 침범에 정면충돌, 속수무책 멍들고/ 신음 소리 생솟처럼 속으로 내지를 뿐 마음속 갈비뼈 다 나가는 거// 사랑이 이런 거 아니었나”(「을왕리 소금 창고」)와 같은 사랑 고백도 한 바 있다. 그 불가피한 ‘사랑’의 과정 속에서 오래 “뒤척이며 삭힌 내 십 년을/ 두고 온 느낌”(「이른 봄날」)을 말하고 있는 것이다.

결국 김윤 시인이 집중력 있게 적공(積功)을 들인 가장 중심적인 주제는, 인간 존재의 근원에 대한 시적 탐색과 그것을 ‘소리’와 ‘시간’의 풍경 혹은 ‘꿈’과 ‘사랑’의 형식으로 완성한 데 있다. 그래서 그녀 시에 나타나는 목소리는 개별적 경험에 한정되지 않고, 존재 일반의 탐색이라는 보편적 성격을 띠게 된다. 이른바 사회적 상상력의 소산이라고 할 수 있는 일군의 타자 지향 시편들도 이러한 시인의 근원에 대한 믿음과 의지가 현실 속으로 침투한 결과일 것이다. 이번 시집은 시인의 이러한 믿음과 의지가 실현된 뜻깊은 실례일 것인데, 시인이 탐색하는 존재의 근원과 꿈꾸는 자기완성의 모습이 ‘소리’와 ‘시간’과 ‘꿈’과 ‘사랑’의 형식을 통해 아름답게 나타난 것이다.

지금까지 우리가 꼼꼼하게 읽어 왔듯이, 김윤 시인의 두 번째 시집은 시간의 풍경 속에 출렁이는 남다른 성찰의 서정을 보여 주었다. 일찍이 멕시코의 시인 파스(O. Paz)는 서정시의 시간을 날짜가 없는 시간이자 원초적 시간이라고 말한 바 있는데, 김윤 시인은 이렇게 원초적 시간을 통해 자신의 근원적 자기동일성을 구성하면서 아름답고 처연하고 오롯한 서정의 문양을 구축해 놓았다. 우리는 이러한 견고하고도 다채로운 음역(音域)이 그녀 시편들로 하여금 우리 시단의 돌올한 상상력의 범례(範例)가 되게 할 것으로 믿는다. 그리고 그러한 상상력이 다음 세 번째 시집으로 하여금, 더욱 생동감 있고 구체적인 이미지와 음악과 풍경을 가득 불러오게 할 것이라고 거듭 희망해 본다.